KB184008

문학과지성 시인선 609

여름의 힌트와 거위들

배수연 시집

문학과지성사

문학과지성 시인선 609

여름의 힌트와 거위들

펴낸날 2024년 11월 4일

지은이   배수연
펴낸이   이광호
주간   이근혜
편집   김필균 유하은 이주이 허단 윤소진
마케팅   이가은 최지애 허황 남미리 맹정현
제작   강병석
펴낸곳   ㈜문학과지성사
등록번호   제1993-000098호
주소   04034 서울 마포구 잔다리로7길 18(서교동 377-20)
전화   02)338-7224
팩스   02)323-4180(편집) / 02)338-7221(영업)
대표메일   moonji@moonji.com
저작권 문의   copyright@moonji.com
홈페이지   www.moonji.com

ISBN   978-89-320-4328-9 03810

이 도서는 2024년도 한국문화예술위원회 아르코문학창작기금(문학 창작산실) 사업에
선정되어 발간되었습니다.

문학과지성 시인선 609

여름의 힌트와 거위들

배수연

시인의 말

오랫동안 안과 밖에서 청소를 한 정옥에게.
그리고 청소부가 되고 싶은 나와 거위들에게.

2024년 11월
배수연

여름의 힌트와 거위들

차례

1부

모두네 집

모두네 집에 가면
모두 혼자 있다
우편함은 없고 회전문이 있는데
슈캉슈캉 바람에 귀가 접힐 정도로
그렇게 빠른 회전문은 처음이었다
거위가 먼저 들어가고
두더지가 들어가고
머뭇거리는 내 엉덩이를 누가 발로 차주었다

모두네 집은 문보다 창이 몇 배로 크고
문보다 복도가 훨씬 많다
복도에서부터 집사와 요리사, 청소부와 정원사를 위한
면접과 리더십 교육이 진행된다
누구나 리더가 될 수는 없어요
저는 좋은 팔로워, 현명한 팔로워예요
왼쪽 복도에서 또랑또랑 거위의 목소리가 들린다

하지만 원하지 않아도 리더가 되는 순간이 있다
아기에겐 아기의 리더십, 점원에겐 점원의 리더십이 필

요한 법이다 그리고 고통,

고통에겐……

나는 거위랑 둘이 있을 때

점심 메뉴와 식당을 정하고 지도를 살피며 길을 찾아야
했다

그리고 거위가 아플 땐……

내 대답을 듣고

모두가 고개를 끄덕였다

규칙적인 박수 소리도 들렸는데

두더지가 아래층 로비에서 회전문의 박자를 세는 중이
었다

이 회전문은 자동문이 아니었어

누군가 끊임없이 들어오고 나간다 빠르게

유리에 손이 붙었다 떨어진다 맥박처럼

또 다른 복도에 줄을 선 채로

거위 나 두더지는 「클레먼타인」을 불렀다

모두 혼자 있었지만
함께 들었다

새 하늬 마 늪

어느 날 왕은 기분이 나빴다
왕은 수첩을 넘겼다

'어제는 연을 잃어버림
아침엔 정원에 이리가 나타남
수프 그릇에 금이 가 있음
무엇보다

박수를 받은 적이 없음
왕이라서 받는 박수 말고
광장에서 줄 타는 광대가 받는 그런 박수'

왕은 한 번도 그런 박수를 받은 적이 없다
왕으로 뽑힌 적도
시험을 치른 적도

빗방울이 떨어지자
왕은 광대의 노래를 따라 불렀다

새 하늬 마 높

　사람들의 선함에 많은 것의 운명이 달려 있는 세상은
끔찍하지

　나는 오늘 그 호의와 호위를 거절할 거야

　너는 웃으며 자두와 꿀을 가져다주었지

　나는 오늘 그 호의와 호위를 거절할 거야

　새 하늬 마 높

　빗소리가 박수 소리 같은 날이 있다

　어딘가에서

　끈이 떨어진 왕의 연이 충분히 젖을 만큼

스윙 앤 스냅

노크는 나의 가장 좋은 부분
내 노크에 당신이 문을 열었어
나는 머쓱한 손을 구부려 주머니에 넣었지
노크가 충분하지 않았거든
아직 내 얇은 외투 안에 따뜻한 노크가 남아 있어

노크는 나의 가장 귀한 부분
아직 해가 뜨지 않았잖아
당신이 아침과 경주를 하느라
서둘러 명상과 체조를 하는 동안
나는 밀반죽을 세워두고 노크를 연습해

해가 떠오르네
주먹에서 튀어나온 두 언덕을 사랑하듯
밤은 마귀의 혹과 감자의 혹을 선물했어

노크를 넣은 식빵이 익어간다
기침과 영광이 부푸는 아침에

내 도시락은?
당신이 내민 빈 손수건을
식빵에 영웅처럼 둘러줄 거야

스윙 앤 스냅
당신은 사무실에서 낮과 대결하고
스윙 앤 스냅
나는 언덕에 서서 생각하네
스윙 앤 스냅
세상은 내 노크를 들었을까?

흙을 엎고 못을 치고 책을 읽고 칼을 갈며
노크를 기르고 노크를 다듬는다

참새 깃에 찍힌 검은 무늬처럼
울타리 아래 수북이 고인 얼굴처럼

여름방학

우리는 냄새 때문에 조용해지기도 한다
가령 거위가 도시락 가방을 열었을 때
(딱히 불길한 것은 없어 보였지만)

거위는 언제 어른이 될까
가족이 더 이상 원망스럽지 않던 날
거위는 자기가 노인이 되었다고 생각했다

자 부리를 벌려보세요
입에서 항문까지는 우리 몸의 긴 외부입니다
도넛 구멍이 도넛의 내부가 아닌 것처럼—

우리는 언제 어른이 되나
서로의 구멍으로 드나들며
서로의 냄새로 밥을 짓고 나물을 삶고
영원히 내부에 갇혀 있다 믿으면서

이번 방학엔
큰 개와 손전등이 중요해

거위는 부리를 벌려 구멍 안으로 사라진 적이 있다

거위와 놀고 싶었다
방학 내내
거위가 궁금했다

내가 보고 싶었어?

우리는 지평선을 보며 언덕 위에 누웠다
숨을 크게 들이쉬고 길게 내쉬면
구멍이 펴졌다가 접혔다 어딘가에서
아코디언 소리가 났다

컬렉터 모임 1
── 갈치 사건

회당에는
당사자들이 남았다
당사자들이 생중계된다
나는 어느 갤러리의 컬렉터 수업에 간다

수업이라고 하지만 모임에 가깝고
나는 이곳에 한 번도 결석한 적이 없다
와인을 두 잔 이상 마신 적도 없고
늘 천천히 한 덩어리의 수국을 양상추처럼 부숴 먹었다

네, 그 전시 저도 봤죠
포크 날이 길다 수국이 팔랑거려
비평가의 안경에 달라붙는다 돌연
그가 회당과 당사자들에 대해 이야기한다
갤러리 벽에도 현장 영상이 중계되므로

큐레이터가 끼룩끼룩 웃는다
선생님, 저거 라이브 아니고요,
반세기 전 루콜라 아이허브 작품이에요

어머, 아녜요 제가 방금 저기서 왔는데요
내 말에 모두가 쳐다본다
저기 제 친구 갈치가 있거든요!

시인님, 그럴 리가요

그러고 보니 비슷한 작품을 계속 본 것 같다
베니스와 광주 비엔날레에서
평창동과 한남동, 파리와 뉴욕의 갤러리에서

비평가가 끼어든다
다들 그 작품 기억나세요?
당사자들이 우르르 회당 한가운데 모여 손을 씻는데
디테일이 좋았잖아
아무리 문질러도 거품이 안 나는 비누를 썼어

화면 속에서 당사자들은 야멸차게 뺨을 맞거나
퍼붓는 키스 세례를 받는다

곧이어 인터뷰와 자막

이 삶은 우리에게 어울리지 않습니다
이 조끼는 우리에게 어울리지 않습니다
백화점에는 없는 조끼 말이에요

작품이 조금씩 다르게 반복되는 동안
와인을 따르고 또 따른다 별안간
나는 고래라도 삼킨 듯 주저앉아
내가 아는 그 갈치 못 봤어요?

취한 사람은 대화에 끼워주지 않는다 그러나
누가 피리라도 주면 냅다 불어댈 것처럼 나는
들뜬 마음을 숨길 수가 없다
(다음 편에 계속⋯⋯)

컬렉터 모임 2
―혼돈의 멀티버스

내 친구 갈치는 회당에서 너무 오래 단식했다
그의 고향은 규칙적인 생활인데
그는 그곳에 너무 오래 결석했다

그러나 갈치에겐 내가 있고
나는 시밖에 못 쓰는데도
우리는 서로에게 현장감을 준다

방금 예비 컬렉터들은
「악어 사냥」이라는 영상 앞으로 이동했다
나는 저들과 내가 컬렉터가 되려는 이유를 안다
모든 배후에 남은 최후의 신은 정복자답게
우아한 컬렉터이기 때문이다

어느 죽은 회장의 소장품전에 우르르우르르
먹구름처럼 인파가 몰려들지 않는가 거기서 사람들은
번개를 휘두르며 우레처럼 호령하는 죽은 이의 유령을
보았다

토기와 쟁기 거울과 왕관 타자기와 선언문 노래와 행진

무엇이든 컬렉팅 대상이 될 수 있다
누군가의 생활, 누군가의 생각까지도

나는 원해서가 아니라
필요해서 움직였습니다

「악어 사냥」 후반부에는
창에 꽂힌 악어의 인터뷰가 나온다

저건 갈치가 자주 하는 말이야!

컬렉팅은 현장을 박제한다
자기만의 시간을 완성하기 위해
살아 있는 것을 추상화하면서

허허, 시인님은 말들을 모으시나 보죠?

영상이 반복되는 동안 더 이상
취한 사람은 대화에 끼워주지 않는다 그러나
누가 피리라도 주면 냅다 불어댈 것처럼 나는
들뜬 마음을 숨길 수가 없다

광대 없는 마을

친절한 동료들이 내게 가위를 주며
어서 100야드의 잔디를 깎자!
고 했을 때
내게 멋진 비극이 없음을 한탄했던
유년의 여름을 떠올렸다

오늘 내게 멋진 비극과 잔디깎이 기계 중 하나를 고르
라고 한다면
나는 주저 없이……
동료의 머리채를 자르는 쪽을 택할 것이다(물론 잔디깎
이 기계로)

하지만 나는 가위를 들고 땡볕 아래 섰다
내겐 살아 있는 동료가 필요하고
우리에겐 대화라는 기회가 남았으므로

저기 창가에 앉은
까꿍을 잘하는 앵무새
노예의 도덕을 비웃는 앵무새

「로렐라이」와 「섬집 아기」를 부르는 앵무새

동료와 동료와 동료 들에게서
앵무새가 떠나갔을 때
우리는 점집을 찾아다니며
귀신을 무서워하게 되었고
귀신이 무섭지 않던 시절을 그리워하지도 않게 되었다

모자의 기분
── 광장에서

항상 의자에 앉을 수는 없어서
모자가 발명되었어

구두닦이와 빵 장수 왕과 판관들 농부와 마술사 유모와
화가의 무리
나는 모자를 바꾸고 싶어 하는 사람을 많이 알아

아침에 코끼리는 통나무를 한 아름 들어 올렸어
그리고 저녁엔 콩 한 알을 집었지
나는 코끼리 코를 터번처럼 말아 모자 안에 넣었어

결국 모자가 남는 세상을 상상해봐
결국 모자가 중요한 세상을 상상해봐

모자 위에 모자를 모자 위에 모자를 모자 위에 모자를
이건 건배사였다가 구호였다가 골목 아이들의 노래였
다가
군중은 기쁜 전갈에 헹가래를 하고 하늘 높이 모자를
던져 올리지

더 좋은 모자를 줘, 더 좋은 의자를 줘, 더 멋지고 더 가
치 있는!

진실을 잘 이용해야 해
진실은 쉽게 녹지 않으니까
진실을 휘젓다 지친 사람들
그들의 비석 앞에 꽃과 모자가 놓여 있네

모자를 맞대고 오래오래 행진했어
실패라는 생각에 괴로울 때면
종종 모자 안의 코끼리를 쓰다듬지

인명 없는 미술사를 읽는 기분으로
흰 연기로 색색의 카펫을 짜는 기분으로
해방되는 기분으로

마리골드

이 호텔에 자주 오는 새가 있지
새는 조용히 작은 머리 안에서 팥을 끓이고 있지
팥을 끓이면서
끊임없이 흔들리는 눈알을 고정하려고
애를 쓰면서
수건을 채우러 가면
오늘 청소는 생략하겠습니다 혹시 위장약이 있습니까?
이 등받이에 자주 앉는 새가 있지 내 어깨에 깃을 얹고
한 몸이었던 것들이 헤어지는 삶에 대해 이야기했지
자네, 재킷과 바지가 따로 팔린다면 얼마나 슬프겠나
그러나 힘을 내야 하지 이 호텔은 누구나 싱글 침대를
쓰고
팥이 타지 않도록 저어줄 당번은 오직 자신뿐이야
하루는 노란 슈트의 긴 팔을 세 번쯤 접어 입고는 로비
에 앉아
편지를 적고 있었지
나는 종종 배가 아프고,
세상에서 가장 작고 예쁜 쓰레기들이 새의 배 속에 있
습니다

그래도 하늘엔 새가 많고

안녕, 모두 목 끝까지 지퍼를 잘 잠그세요

창을 향해 천천히 손을 흔들었지

거위와 모과

아침에 일어났더니 곁에 모과가 있었고
나는 침을 흘리고 있었어

거위는 모과를 좋아해
거위가 모과를 가져다 놓았어

향이 끝내주지?
이제 일하러 갈게

지난번 일터에서 거위는
청소기를 밀다 사과 한 알을 깨뜨렸어
대리석으로 만든 광이 나는 사과
알코올로 문지르면 붉은 염료가 묻어났어

화분을 깬 적도 있어
나는 그 화분을 그릴 수도 있어
거위가 조각을 가져와 설명해줬으니까

들리지, 너도 들리지?

거위는 이따금 책가방을 멘 사람에게서
무언가 깨지는 소리를 들어

거위는 향수 코너를 좋아하지만
항상 모과만 가져오지
황금만큼 무겁고
태양처럼 빛이 나는

퉤퉤 침을 뱉다 엎드린 채 잠을 깰 때가 있어

옆에 모과가 있으면
무척 부끄러웠어

2부

검은 욕조

2막에서

검은 욕조가 무대 위에 올랐습니다

검은 욕조에 담긴 물은 맑아서 검습니다

네 개의 바퀴 위로 굽은 우아한 발목

우우우웅

욕조가 움직입니다

주춤거리는 백조들의 군무

검은 욕조 속으로 오렌지 하나 가라앉습니다

아직도?

네

조금씩 욕조가 빨라집니다

당황한 백조들 목을 빼고 날개를 휘젓습니다

고개를 꺾고 깃털을 흘리면서

코르드발레*, 솔리스트와 프리마돈나

누구의 오렌지인가

백조라면 모두 여기서 목을 축였으니까

오렌지가 빠진 백조의 가슴은 더 납작해졌으니까

코르드발레, 솔리스트와 프리마돈나

예리한 균형

종탑으로 달아난 백조들이

검은 욕조 안으로 떨어집니다

퐁

퐁

퐁

퐁

관객들은 화장실에 가고 싶지만

오렌지를 건진 손은 떠오르지 않습니다

* 솔로를 추지 않는 발레리나. 군무를 담당한다.

여름의 힌트와 거위들 1

거위들과 누워서 책을 읽었다
사실은 건축가가 아니라 작곡가가 되고 싶었다는 이야
기였다
사실은 시인이 아니라 화가가 되고 싶었다는 이야기였고
사실은 소설가가 아니라 영화감독이 되고 싶었다는 이
야기였다

그거나, 그거나
퐁퐁이 없으면 거위들은 샴푸로 설거지를 한다

그날은 약속한 날이었다
높은 빌딩 근사한 곳에서 밥을 먹는데
거위 하나가 일찍 와 있었다
여기 청소 일 알아봤어
번호가 적힌 쪽지를 가방에 접어 넣었다

이건 오크라, 이건 설랏, 오! 산초와 루바브
그릇은 비행접시처럼 커다랗고 우리는 둥둥
모르는 것들만 골라 먹었다

거위들과 나란히 책을 읽을 때
거지의 개와 과부의 고양이
그런 건 우화였다

행복한 손님이 많은 곳에서는 청소하지 마
차라리 종합병원은 어때?
사실은 이렇게 말하고 싶었다
부끄러웠고

나와 거위들의 부끄러움은 다르지만
함께 책을 읽었다

아무도 부탁한 적 없어서 계속할 수 있었다

정기 모임

이쯤 되면 거위가 우리 모임 회장이었다
우리는 조만간 청소부가 되고 싶었는데
거위는 이미 청소부였기 때문이다
그날 우리에겐 코코아와 새 보드게임이 있었지만
거위는 조금 시무룩했다
곧 청소가 필요 없는 세상이 올 것이기 때문이다
아무도 무엇도 더럽히지 못할 것이다
먼지는 절대로 내려앉지 않을 것이고
얼룩은 절대로 스며들지 않을 것이다
먼지는 바닥에 닿기도 전에 가늘고 긴 섬유의 바비큐가
된다
얼룩은 소파 위에서 또르르 굴러 몰티즈의 눈알 같은
구슬이 된다
거대한 카탈로그가 달력처럼 휘리리 끝도 없이 넘어가
지 오 시원한 바람,
우리가 될 수 있는 것도 저 안에 있을까?
찢어진 포스터처럼 어느 웅덩이에 처박히진 않았을까?
거위는 지난달 과학자에게 한 문장으로 된 편지를 썼다
당신의 편지를 받고 싶어요

와 진짜 어썸~

거위 너 손톱이 없어?

아니, 이거 청소 장갑이야

거위가 손을 번쩍 들어 앞뒤로 뒤집으며 흔들어 보였다
깃털이 두어 개 날렸고

바닥에 닿기 전에 누군가

재빨리 깃대를 잡아 호리병에 꽂았다 모임이 끝났을 때
희고 부드러운 깃털 그대로였다

진저

진저는 가장 자주 오는 손님 중 하나입니다
정말 진저인지는 잘 모르겠지만
진저라고 생각해요
늘 진저에 대해 들어왔으니까요
그는 카페가 가장 붐비는 시간에 나타나
잔을 들고 살랑살랑 걸어 다닙니다 이곳이 마치
회랑이나 광장, 살롱인 것처럼요

진저는 돈을 낼 때마다
얼음, 얼음이라고 말합니다
정말 얼음인지는 잘 모르겠지만 분명
'음' 하며 입술을 닫는다고 생각해요
그 순간만큼은 내게
영원을 이해하는 능력과
평형에 대한 생각, 돈에 대한 차가운 마음을 불러일으
키죠
진저는 모래가 많은 곳에서 태어났고
바람이 불 때마다 음—— 하며
입술을 닫았다고 들어왔으니까요

진저는 천천히 걷고

진저는 책을 읽지 않지만

진저의 모든 말은 책이 되었습니다

진저는 모기에 물리지 않지만

우리가 발목의 딱지를 긁을 때마다

살랑살랑 다가와 꾸욱

마른 손가락으로 찡그린 미간을 눌러줍니다

모두가 진저를 알아보진 않지만

나는 내 미간에 중지를 대며 무릎을 꿇을 때마다

진저를 생각합니다

그것이 기도인지는 잘 모르겠지만

나는 기도에 대해 늘 들어왔으니까요

컵킥

거위가 어릴 적엔
컵케이크와 카스텔라 맛이 똑같았다

하지만 거위나 친구들은 컵케이크를 더 좋아했다
컵, 이기 때문에 손쉽기 때문에
한 손에 사뿐 올려 자유롭고
우아하게

미래란 앞에 컵, 이 붙는 것이 많아지는 세계

도시의 유목민들은
컵케이크를 두고 안도한다
아기의 작은 왕관을 바라보듯
윗입술의 휘핑크림을 핥으면서

간결하고 본질적이며 유연하고 진보적인 소형을 원해

거위와 나는 여행 계획을 세우며 삼각지를 걷는다 어느
빵 가게 간판에

쿠키, 빵, 켁이라고 써 있다

컵켁 있어요?

이제 컵켁 위에는 체리와, 쿠앤크, 로투스, 마시멜로가

있고

카스텔라와는 전혀 다른 맛이다

캡슐 호텔에서 자봤어? 내가 물어본다

거위는 청소가 쉬울 거 같다고 대답한다

여름 캠프 1

아이들의 어깨는 비슷한 높이에 있다 서로의 어깨에 턱을 걸고 웃는 일이 많다 아이들의 하의 주머니는 뒤집어져 바닥으로 흘러내린다 주머니 속엔 이탤릭체의 캠프 구호, *왜 주머니를 달고 태어나는 걸까?* 아이들은 서로의 빈 주머니를 주무른다 호각을 찾는 시간이다! 호각을 불면 캠프가 끝나는 거야 아이들은 서로의 주머니를 잡고 살피고 또 살핀다 네 주머니 끝에 심지가 있어 상의가 없는 아이가 말한다 조개껍질일까? 굳은 캐러멜? 열쇠? 나는 네 안감이 더 좋더라 상의가 없는 다른 아이가 말한다 주머니 깊숙이 주먹을 감아쥐며, 우리 땋은 머리 할래? 왼쪽 아이들 가운데로 이동한다 오른쪽 아이들 가운데로 이동한다 주머니가 끈적끈적해! 상의 없는 아이가 가슴에 손을 문지르며 운다 주머니가 엉킨다 땋은 머리가 엉킨다 상의 없는 아이들이 엉킨다 주머니가 문제야, 땋은 머리가 문제야, 상의가 필요해! 호각을 찾는 시간에 아이들의 어깨가 다른 높이에 있다 서로의 어깨를 찾아 턱을 걸며, 말해봐 이 캠프가 끝나면 과연 데리러 올 사람이 있는지─ 캠프장이 부풀어 오른다 아이들 어깨에서 조개 냄새가 난다 캐러멜 냄새가 난다 열쇠 냄새가 난다

여름 캠프 2

*

시침 핀 통을 귀에 대고 흔들었다
맞혀봐, 클립 아니야
바다에선 모두 악기를 받는다
철썩, 아무도 때리지 않았는데
침이 꽂힌 나무처럼 연주를 했다

*

아침을 먹고 창밖을 보는 시간
모든 아이에게 각자의 창이 있다
우유와 비스킷을 받았지만
모두 벌을 선다고 생각한다 빠짐없이
각자의 풍경을 관찰해야 한다
각자의 풍경을 소개해야 한다
우리는 원하는 것을 떠올리고 그것이 보인다고 말한다
구체적으로 소망해야 구체적으로 말할 수 있다

울타리 아래 칸나 두 송이가 피었어요
숫염소가 바위에 뿔을 긁어요

죽은 말벌과 벌통과 꿀과……

*

오늘 양봉 시간에 빠져도 될까?

*

뺨을 맞는 장면은 아주 옛날 코미디에나 나온다
아픈 아이는 손을 들어야지
커튼에 놓인 수를 오려 베개 밑에 넣은 아이

*

쉿 하면 쉿!
낮잠 시간엔 아주 멀리서도
우리가 깨지 않도록 조심하는 선생님들이 있다
산맥 너머 우리 집, 내가 없는 침실 앞에서도
까치발을 하고 지나가는 가족들
고마워요 고마워
너무 먼 나머지
깨고 또 깨고

수백 겹 깨어나도 보이지 않아요

*

우리끼리

닭을 치고 벌을 치고 시험을 친다

독서와 서핑, 토론과 애크러배틱

명상과 요리, 낮잠과 간식

*

바다에 나갔을 때 죽은 물고기 있었지

합주를 하는 동안 아무도

아가미에 침을 꽂지 않았어

펼쳐진 책

고통이 지나가는데 크고 강한 바람이 산을 할퀴고 고통 앞에 있는 바위를 부수었다. 그러나 고통은 바람 가운데에 있지 않았다. 바람이 지나간 뒤에 지진이 일어났다. 그러나 고통은 지진 가운데에도 있지 않았다. 지진이 지나간 뒤에 불이 일어났다. 그러나 고통은 불 속에도 있지 않았다. 불이 지나간 뒤에 조용하고 부드러운 소리가 들려왔다.*

거위는 소리를 듣고 겉옷 자락으로 얼굴을 가리고 마을 어귀로 나와 섰다. 산들바람이 어느 집의 벽 틈에서 가늘게 흘러나왔다. 아직 다 굳지 않은 벽이 고운 부스러기를 흘리며 말라가는 거위네 집이었다. 거기에 실금이 있었다. 벽에서 아픈 병아리가, 혹은 분홍 독수리가 태어나려는 걸까? 며칠째 소리가 들렸지만 무엇도 부리를 내밀지 않았다. 그래도 거위는 벽 위에 못을 치지 않았고 거울을 걸지 않았고 매일 흙먼지를 쓸고 걸레질을 했다. 식료품점, 은행, 우체국에 청소 일을 나가는 날에도 집 쪽으로 귀를 기울여 그 소리를 들었다. 해변 뒤로 성이 자라는 것처럼 밤은 하루하루 높아졌다. 어느 밤 거위가 불을 켜고 일어나 해진 옷과 행주와 양말과 수건과 내복과 담요를 모두 꺼내 보푸라기를 하나하나 잘라냈을 때, 그 더미가 한 방 가득 찼다. 영차, 밤의 높은 창밖으로 더미를 밀어내자 찬 바람에 먼지가 하얗게 소용돌이를 만들더니 지붕 위로 날개가 생겨나고 아래로 발과 발톱이 자라나며 거위의 집을 꼭 쥐고 꺼지지 않는 밤 속으로 훌쩍 날아올랐다. 이 모든 일은 지상의 사람들에겐 조용히 일어났다. 밤이 그만큼 높고 부드러웠기 때문이다. 밤 구름 사이로 우리 집이 날아가는 모습은 어떤 책처럼 보일까, 불면의 인간만이 돋보기를 쥐고 나와 정성스레 다음 장을 넘겨 보리라. 규칙적으로 흔들리는 전등 아래서 거위는 남은 먼지에 분무를 하고 어깨의 실오라기를 조심스레 떼어냈다.

* 「열왕기상」 19장 11~12절. **야훼**를 **고통**으로 표기.

개발팀

전날 밤 우리 팀은 배트로 속이 찬 포대를 번갈아 때렸다
사방은 시끄러웠다 포대는 매달린 채 꿈틀거렸고
출근길에 쓰러져 있었다
공덕동 수거차는 매주 월, 수, 금 저녁 7시에서 9시 사이
에 옵니다
일단 터진 부분은 비둘기에게 맡기면 된다
구두가 말끔한 걸 확인하며 가죽 트렁크를 고쳐 들었다
오해는 마세요, 트렁크는 하나의 이미지죠 딱히 어디로
떠나진 않고요
가방엔 실리콘 빨대와 이어폰, 캐시미어 카디건, 빈 서
류봉투, 아,
팀장님 이것 보세요, 재사용 가능한 친환경 빨대입니다
이따 다 같이 커피 마실 때 써볼까요?
글쎄, 먼지가 많이 붙어 있는데
이런 캐시미어! 하하 염소의 솜털이죠
제 카디건엔 염소가 두 마리나 들어갔거든요
오해는 마세요, 살아 있는 염소를 누이고 곱게 빗질하
여 모은 털이죠
점심시간엔 계란찜과 고등어 사이의 시금치를 씹었다

우리는 과연 멍이 없는 것들을 먹을 수 있게 됩니다 곧!

퇴근길엔 다 같이 요가원에 들렀다

명상합시다

눕힌 염소를 빚는 손에 대해

포대를 매다는 손에 대해

포대를 눕히려면 어쩌면 포대를 속여야 할지도, 혹은
때려야 할지도 몰라요

조금이라도 힘이 있는 것들은 뭐든 세우려고 하니까

잠에서 깬 당신 눈꺼풀이 속눈썹을 들어 올리듯

사바사나, 모든 힘을 빼고 송장 자세를 취하세요

아직 완전히 죽은 게 아녜요

물고기는 똥을 끊지 않고 종일 쌀 수 있죠 어쩌면, 당신
도요

비둘기만이 포대 안에 무엇이 들었는지에 대해

옆 비둘기와 대화할 수 있다

반짝이는

거위를 친구라 여기는 이가 많다 그 이유는
거위가
건강하거나 건강하지 않아서이다
뚱뚱하거나 비쩍 말라서이고
못생기고 예뻐서이고
구덩이에 빠졌거나 빠져나와서이다
으훼훼 웃다가 으엉으엉 울어서
이혼했다가 결혼해서
들어주다가 말해서
말하다 들어주어서이다

친구들은 거위의 머리칼을 넘겨주며 미소 짓는다
그리고 운동장 평균선에 모여 한 다리로 구구구 한다

시시하긴,
거위는 철봉에 매달려 균형을 생각한다

균형에는 번개가 있어야 해
내 번개를 보러 올래, 나는

누구나 부러워하는 거위 말고
누구나 좋아하는 거위

어느 새벽 거위는 호숫가에서
해를 기다린다

호숫가를 따라 끝없이 늘어지는 사람들
날렵하고 매끈하고 윤기 나는 물풀이 되려고
해가 뜨면 동전과 보석을 주우려고
털을 깎고 소금을 흘리며 우는 사람들

거위는 갈퀴에 감기는 물풀 사이를
부드럽게 밀고 나아간다

윤슬과 윤슬 사이로
깜빡임과 깜빡임 사이로

빛나거나
빛나지 않아서

나타났다
나타나지 않아서

3부

간밤에

새들의 날개가 모두 깃발이 되어버렸어
깃발은 날 수 없고
깃발은 축 처진 채 매달려 있어

누가 뼈와 깃털을 천 조각과 바꾼다 했지?
우리는 각서를 쓴 기억이 없어
우리는 계약서를 쓴 기억이 없어

새들은 너무 놀란 나머지
펄펄 깃발을 휘젓고
사방으로 머리를 흔들며 뛰어다녔어

어제 공짜 강냉이를 먹어서일까?
팽─ 누군가 깃발로 코를 풀고 눈물을 훔치자
둥둥
북소리가 났어

둥둥
북소리는 작은 심장을 부풀리고

둥둥
북소리는 새의 발걸음을 넓히지
둥둥
북소리는 깃발에 바람을 일으키고
둥둥
북소리는 깃발에 뜨거운 문양과 활자를 새기네

우리는 표식도 기호도 아닙니다
우리는 행진하지도 소리치지도 않습니다

하지만 우리는 행진해
행진하지 않기 위해

우리는 외칠 거야
외치지 않기 위해

깃발을 치켰어 높이 더 높이
꼭대기에 올랐어 높이 더 높이

우리는 만국기처럼 손을 잡고
우리는 현수막처럼 팔을 걸고
탑과 빌딩과 크레인 꼭대기에 절벽처럼 걸려 있어
무섭지? 눈을 감으면 멀리서

북소리가 들려 북이 찢어지는 소리도
날갯소리가 들려 날개가 찢어지는 소리도

곰에서 왕으로* 1

진열된 욕조 사이에 네가 서 있습니다
너는 욕조를 빚는 사람
너는 욕조를 굽는 사람
아무도 너를 욕되게 할 수 없습니다
너와 내가 함께 있더라도

진열된 욕조 사이에서 너를 바라봅니다
나는 양말을 줍는 사람
양말을 깁고 수를 놓는 사람
아무도 양말을 욕되게 할 수 없습니다
너와 내가 한 짝씩 버려졌더라도

오른쪽에 사막이
왼쪽에 수박이 수놓인 양말을 벗기며
네가 웃습니다
한 번 더 할까
가능하면 자주
양말을 욕조에 가지런히 걸어둡니다

강 위로 너의 욕조가 떠내려옵니다

욕조를 쓰다듬는 나의 손 사이의 너의 손 사이의
밀랍으로 된 너의 욕조
우리가 끌어안습니다
돌돌 감긴 심지처럼

그러나 태울 초지가 없어
우리는 아직 강 위에 있습니다

태우고 싶다 태우고 싶지 않니
그러나 태울 사람이 없어
우리끼리 떠내려갑니다
우리끼리 새카매집니다 불곰처럼
멀리서 왕관은 떠오릅니다 태양처럼
나는 양말 위에 한 짝씩 수를 놓아둡니다
너는 여기서 저기로
노를 젓습니다

* 나카자와 신이치, 『곰에서 왕으로』, 김옥희 옮김, 동아시아, 2005.

곰에서 왕으로* 2

로또 번호 추첨자가 외칩니다
떠돌이 개의 행운과 신의 가호를!

엄마는 떠나갈 애인에게 매일 아침상을 차려 줍니다
개코원숭이의 수치와 그 엉덩이의 싱싱함을 가지런히
담아

너와 걸을 땐 손바닥을 꼬옥 맞대어 빈틈이 없도록 합
니다
돌풍이 불고 선거 현수막의 끈 떨어져 우리를 덮칩니다
기호 2번: 구멍이 큰 망태기의 대범함과 자신을 망칠
기지
우리는 얼굴에 현수막을 뒤집어쓰고 거리를 달립니다
편하다 이게 편해 때로 어떤 오염 앞에 서는 것보다 뒤
에 서는 것은——
스위스의 어떤 폐현수막들은 비싼 가방이 됩니다
우리는 이태원의 어느 상점에서 알록달록한 가방을 들
었다 놨다 했습니다

가난하나 부유하나 연인에겐 언제나 해변이 가까우므로
우리는 금방 해변에 도착합니다

우리는 6시 정각의 시곗바늘처럼

꼬옥 발바닥을 맞대고 누워 현수막에 우리의 길이를 맞
춰봅니다

우리 앞으로 다퉜을 땐 이렇게 눕자 서로가 서로의 아
래에 있다고 생각해보자

수면에 비친 애인의 그림자가 되었다고 느껴보자

잠이 들면 물 위로 흔들리다 세수하는 애인의 얼굴을
부드럽게 쓰다듬자

잠이 오지 않는다면

우리는 현수막을 뒤집어 이렇게 쓰자

왕의 불면에게 곰의 능력: 상대방을 기절시키는 발바닥
의 힘을!

＊ 안무가 공영선의 작품.

거위와의 목욕

어린 시절 엄마는 욕조 안에 나와 새끼 거위들을 풀어
놓고 때를 실컷 불리도록 했다 새끼 거위들은 거품을 좋
아했고 거품 사이에 숨기를 즐겼다 거위들은 무럭무럭 자
랐고 이제 나와 욕조에 들어가길 좋아하는 거위는 한 마
리뿐이다

잘됐지 뭐
거위가 중얼거렸고 그건 자라난 우리 몸의 부피와 낡은
욕조에 대한 이야기라고 생각했다 거위는 내 맞은편에 기
대 노란 발을 반짝 들고 비눗물을 흘려보내며 새로 사귄
친구에 대해 이야기했다 담이 높은 친구 집의 좁고 깊은
정원과 거대한 차고, 그 차고에 방치된 크림색 가구들과
어린 시절의 대형 장난감들 특히 거위가 타볼 수 있었던
벤츠 포클레인에 대해서

뽀로로가 타는 경비행기는 없었어?

내 장난에 거위는 샐쭉해졌다 욕조 옆에 아무렇게나 벗
어놓은 거위의 파란 유니폼이 젖어 바다색이 되었다

그 친구 본 적 없지?

거위는 새벽에 하는 청소 일과 긴 낮잠을 좋아했다 새벽의 청소와 친구를 동시에 가질 수는 없으니까

왜 그 집주인과 친구가 되기로 했지? 네가 차고 안에서 기절하면 유행이 지난 물건들과 너를 같이 쌓아둘지도 모르는데? 네 흰 목을 흔들고 깃털 안의 분홍 소시지를 쥐어 짤지도 모르는데? 사실 그 집에 누가 살기나 해? 네가 현관이 아니라 신문 투입구로 드나들고 있다는 거 내가 모를 줄 알고? 그 집은 진작 망한 게 분명해 아무럼 네가 전등을 켰다 끄는 걸 멍청한 동네 사람들이 속고 있는 거라고── 아니면 쉬쉬하고 있는지도 모르지 너는 망한 집의 부스러기를 청소 삯으로 가지고 오는 거야, 친구라는 망령과 함께 내 말이 틀렸어?

나도 모르게 거품을 발로 차고 있었고 거위는 푸드덕푸드덕 얼굴을 흔들더니 뿌연 김만 남기고 가버렸다

여름의 힌트와 거위들 2

거위들은 줄을 잘 선다 뒤뚱거리는 것은
당신 기분이라
어느새 당신은 광장이고
광장은 모두에게 아지랑이를 일으킨다
거위들 부리 사이로 침을 흘리며,
광장! 어느 미술관은 이를 두고두고 이야기하지
아주 커어다란 현수막을 걸고
순풍에 헛간 두어 채 옮겨보려고
인부들은 두꺼운 책을 잔뜩 찍어낼 거야, 하지만 모두
가 좋아하는 것은
과자! 미술관 로비에 쌓인 초콜릿 동전 더미
동전을 제일 많이 훔친 거위가 저어기 가네
아지랑이 사이로 고개를 돌리며— **꽉꽉**(이봐),
꽉(고양이 오금에는 수염이 있지)!
오금에 수염이 나는 기분은 모르겠지만
뽑히는 기분은 알 것 같은 한낮

85톤의 빙하 무너진다

아주 민감한 부분이 뽑히는 기분으로
무릎을 굽히는 거위들, 오
불행한 낙관주의자

여름 케이크

태풍이 끝난 날 거위는
뭉게뭉게
하늘에다 케이크를 집어 던졌다

새엄마는 만나봤어?

케이크가 없는 테이블과 부드러운 팔꿈치
손님들이 가져온 홍당무, 만화책, 여러 나라의 통조림은
모두 한 선반 위에 있다

손님들은 거위를 위해 양말을 뜨고
두툼한 양말 안에서 거위는, 거위의 발은 비어가고 있다
저기서 태어났어야 했어
하늘을 가리키는 거위는 망상을 앓고 있다
하늘에 대한 질투로 망상이 커지고 있다 망상으로 질투
가 커지고 있다
망상 속에서 케이크의 불 옮아 붙는다 저 하늘의 흰 검
불들, 크림과 소다, 체리를 태우면서

하늘의 케이크 쓰러지고 있다

하늘이 가벼운 건 매일의 생일자들이 몽땅 태워버리기
때문
손님들은 시원하게 건배를 하고
새엄마가 가져온 선물이 무엇인지 내기를 건다

우리는 무리

맞혀봐, 우리가 무얼 먹었는지

맞혀봐, 우리가 짝짝이인지

우리가 걸어왔는지(미끄러졌는지) 이곳의 함몰된 부분을 향해

던지거나 던져졌는지

다시 선택하기 위해

다시 선택받기 위해

다시 질문할지

우리가 오기 전 그려진 그림들을 보지 말 것

그것은 우리의 고유한 인상과 기억을 지배하므로

깃털들은 밤새 자라나네

작은 등이 무거워서

조는 새는 가만히 추락한다 자신의 발등으로

숨이 담긴 풍선처럼

한 번쯤 외면해본 유람선처럼

새가 발톱을 그러쥘 때

맞혀봐, 우리가 어떤 새였는지

맞혀봐, 우리는 어떤 객실인지

우리는 무리인지

무리는 무리인지

누

지금 내가 생각하는 구절은 그때 누가 읽었던 구절이
아니에요
누가 누워 있는데도 나는 누가 서 있다고 생각합니다
수직으로도 수평으로도 가로지르는
누가 처음 배운 영원을 생각하는 방법이겠죠
마치 영법과도 같아서
바다에 들어갈 땐
해변의 절여진 널빤지들을 붙잡지 말 것 그건
모래가 든 서류봉투일지도 모르므로

널빤지엔 소금으로 된 문자가 빗살처럼 새겨져 있겠지만
괜찮아요
바다는 이미 모든 구절이므로

당신이 그 구절을 발견하길 바라

우리는 속삭입니다 그의 귀를 레버처럼 돌려줍니다
힘껏 앞으로 밀어주며
누, 죽은 듯 웃어볼래

지금 내가 보는 장면은 누가 본 장면은 아니에요

모래 위를 걸을 땐

부디 천천—히

빨리 걷는 것만으로도 앞서가는 이를 겁에 질리게 할
수 있으므로

수직으로도 수평으로도 가로지르며

느리게 노래하는

그건 우리가 영원을 관찰하는 방법이겠죠

시 쓰는 시간

개가 짖을 때마다 눈이 내렸고
트롬본 소리가 났어
개는 고양이와 나란히 앉은 바에서
앞발을 구르고 눈을 치키지
목울대를 한껏 올리고 내릴 때
신이 난 바텐더들은 흘러 다녔어

고양이가 수염을 젖히며 하품을 할 때
종소리가 났어
접시와 유리잔 들이 받아쓰기하듯
몸을 기울일 때

너는 웃었어
유리잔을 파도처럼 세우고
검고 긴 발톱으로 두드리던 날들

네가 마지막 잔을 들고 눈을 감을 때
목소리가 들렸어
그 구절이

홀 가운데를 걸어 다닐 때

너는 노래할 수 없었어
너는 그 목소리에 숄을 둘러줄 수 없었어
문이 열리고,

눈이 내렸어
눈이 감기고
너는 너를 그만 놀려야 했어

출항

선원들에게 비타민을 주는 대신 녹색 실로 짠 조끼를 입혔다

여러분, 우리 배가 샴페인을 실은 요트는 아니지만

가끔은 면직 셔츠에 조끼를 입는 것도 괜찮군요

혹시 분리불안이 심한 반려동물이 있습니까?

데려오세요! 고립의 공포보다 멀미가 낫다면(쥐는 좀 잡습니까?)

신입은 선원실로 내려가 장화를 벗고 생각에 잠기겠죠

여긴 반지하보다 빛이 잘 들고, 파도 소리는 적당히 들을 만해

이만하면 괜찮은 근무 환경이야 비가 오고 파도로 갑판이 흠뻑 젖을 때마다

육지와의 우애가 떠오를 테지만──

거긴 못 가요, 우리가 가고 싶은 곳

계약서를 썼죠

어딜 가고 싶은지는 중요하지 않다고

당신은 심에 침을 묻히고 밑줄을 치며 읽었을 거예요

화물들이 가고 싶은 곳(그런 곳은 없죠)

어망에 걸린 것들이 가고 싶은 곳(그건 어망 안에서 잃어
버렸어요)

선원은 밧줄을 풀었다 감는 일을 계속 사랑해야 합니다

새벽마다 돛에 내린 서리와 젖은 조끼가 마르며 부옇게
일어나는 소금도—

저 멀리 바다 목장의 핑크색 돼지들에 대한 상상, 그것
을 쓰다듬기도 먹기도 하는—

칠이 벗겨진 계단을 밟는 이마의 깊고 힘찬 주름

그 위로 성호를 긋고

소중한 걸 더 소중히 하기 위해, 제가 왔나이다

지켜주세요, 소중한 건 선원의 일이므로

출항의 기억이 희미해지면(어쩌면 선원을 택했다는 사실
조차!)

비가 오고 파도로 갑판이 젖을 때마다 알 수 없는 눈물
이 흐를 테지만,

당신은 회의 중에 자세를 고쳐 앉고 말합니다

이만하면 파도는 규칙적이고 안정감을 주죠— 불면의
밤이면 머리맡에

쓰다듬을 동물도 있잖아요?

지구에서

내게 날개가 있다면
그 날개를 고치겠어
내게 자전거가 있다면
그 자전거를 고치겠어
그런데 선풍기가 있다면—

오래 자란 뒤

내게 말을 거는 것들에게
나는 많은 것을 물었다고
많은 것이 변했지
그런 날들은
하얗고 부드러운 가시
고양이 입가에서 웃으며
길고 가늘게 흔들렸다고

지구는 네 계절의 선풍기니까*
푸른 얼굴 위로
흰 날개 돌아가고

자전거의 동력으로 회전하는
그곳에서 함께 흔들리면서
"나는 많은 것을 고쳤어요"라고
입이 있다면

* 박민재의 미발표 소설 「지구 선풍기」.

건강

당신은 건강이 무엇인지 압니다
막 태어난 돼지가 건강하길 바라죠

창조 여드렛날 건강이 탄생했고
건강은 과수원이 생기는 걸 지켜봤죠

건강은 어디나 자신을 비춰 보길 좋아하고
광이 나는 열매라면 건강의 얼굴을 잘 압니다

밤 속에 밤벌레가 살찌고
도시의 멧돼지가 총에 맞던 날

건강은 위스키를 따라놓고 어떤 약속을 생각했어요
약속,
전염도 몰살도 부패도 없는 약속

도리도리 건강은 머리를 젓습니다
당신은 건강이 무엇인지 압니다
위스키가 반 잔이 남아
아직 기분이 좋다는 것도

4부

브루나이의 스팀

브루나이가 아픈 지는 얼마 되지 않았다
꼬박 1년이 채 되지 않아
브루나이는 삶을 정리하고 있었다
브루나이와 내가 가까웠던 시절
그는 늘 운전 중이었다

궁금해요
이 안개 속에서도
오고 있는 편지
계속해서 편지를 쓰는 손과
그 편지를 세 번 접는 손가락
멀리서 보낸 사랑이
은스케이트를 신고 회전하는

브루나이가 갑 티슈를 뽑을 힘도 없을 때
나는 그가 가장 마지막까지 만난 사람 중 하나였다
머리맡에 올려둔 동료들의 선물과 조카의 그림
브루나이, 나도 편지를 가져왔어
빙산에 매달리듯 앉아

첫 문장도 채 읽지 못하고 자꾸만 잠에 빠져드는

그는 거의 결정한 것으로 보인다
영혼이나 무
연속과 불연속
물방울과 연기

궁금해요
운전 중일 동안에도
나를 쫓아오던 편지
계속해서 편지를 쓰는 손과
그 편지를 세 번 접는 손가락
사랑이라고 크게 트림하는
우편배달부의 오토바이

편지들을 손끝에 걸친 브루나이
열국의 붉은 새들과
병실 가득한 입김
노랗게 터지는 열매들

영혼은 결국 이런 일을 해

나는 기침을 하고
천천히 펴지는 이불 주름들을 바라본다

나와 너와 누

공항을 지날 때 나와 너는 누의 손을 놓쳤다
그 후로 누는 비행기를 탄 적 없다

누, 잘 지내니
여기서는 손님이 가장 아름답고
언제나 새로운 손님을 원한단다

항구를 지날 때 나와 너는 누의 손을 놓쳤고
그 후로 누는 바다를 떠올린 적이 없다

누,
배탈이 나면 시민합창단의 노래를 들어봐
밤중에 과일은 줄이고
여기선 부유할수록 이가 희고 빽빽하다

나와 너와 누가 함께였을 때
여권이 없고
티켓값을 모르고
이와 이 사이가 벌어져 있었을 때

우리는 진흙이었고
함께 구워졌고
천둥 번개가 치면 부둥켜안고
발바닥에 매를 맞는 것처럼
유약 같은 눈물을
가슴과 엉덩이 위로 흘렸지

우리는 강했을까?

우리— 라고 말해도 누는 놀라지 않았고
그 후로 나와 너는 누를 놓쳤고
"안녕, 단 한 번뿐인 날들이 지나간다"
답장 속에서 누는 화를 낸 적이 없다

포도의 시간

여름부터 매일 도시락 배급을 받는다

여기엔 젤라틴 덩어리에 색소를 넣은 딸기잼과 아기 주먹만 한 롤빵이 딸려 온다

이 두 개는 먹지 않는다 그래도

성의 있는 일을 하고 싶을 땐

비둘기를 떠올린다

비둘기들의 출몰은 대개 불규칙하지만

매주 일요일 아침 9시면 모든 성당에서 미사가 있고 우리는 대개 그 미사에 없다

해는 거리에 노랗다 버터 발린 눈가루 손에서 흩날린다

"그래도 우린 누구보다 스테인드글라스의 빛 그림자와 성가 부르는 일을 사랑하지. 성가에 맞춰 지휘자처럼 손을 흔들어보는 일도."

오르간 연주 울려 퍼진다 눈을 감고 손끝으로 그리는 하프 모양의 실루엣

오르가니스트와 성가대원들은 우리의 작은 하프를 평생 모르겠지만—

전생에 어린이의 멍든 어깨였던 비둘기 하나 비둘기 둘—

우는 거니?

작은 어깨 빵 위에서 정신없이 들썩이고

신부님처럼 흰 빵을 든다 공중에 작은 하프 그려본다 하프 사이로 눈가루 떨어진다 리드미컬하게

비둘기는 작은 바늘귀로 하프 줄이 떨리는 소리 들은 걸까

검은 바닥에 닿는 부리가 아프지 않은 걸까

내일도 도시락이 올까

포도 먹을래

침대에 앉아 빡빡하게 매달린 검은 눈을 똑똑 따 먹으며 우리는 우리의 일을 생각한다

누와 누

누와 누
왈츠를 출 땐
긴 방귀를 나눠 뀌는 법을 알던 누와 누

누와 누
기울어진 목과 달싹이는 얇은 귀
서로의 장면 속으로 희망을 던지며

누가 좀 도와줘
누가 좀 도와줄게

관광객이 가득한 광장에서 자는 낮잠
누, 꿈을 꾸고 싶다
관광객들이 꾸는 그런 꿈
누가 만든 손차양 아래에서 깜빡 잠이 들고

유리창 사이로 맞대어 서면
서로가 서로의 대답처럼 보였습니다
손으로 망원경 모양을 하고

입을 또박또박 움직여,

누, 알 바 언 제 끝 나
오 늘 은 손 님 이 더 많 아
유 니 폼 잘 어 울 려

누가 혼자 국수를 먹고 있다고 생각하면
누가 더 보고 싶습니다

일요일

거위는 베개처럼 입고 왔다
젖은 빨래를 방에 널었더니
외출하고 싶더라

거위를 안아준다
커피 마실까
침대 위에서 마시듯이

무언가를 깁기 위해선 구멍을 많이 내야 하죠
동대문 미싱사는 이런 말을 하지 않고,
기록되지도 않는다

긴 여행을 마친 디자이너는 삼베로 짧고 가는 목침을
만든다
청보리의 연둣빛과 기와의 먹빛, 돌문어의 보랏빛과 찐
밤의 노란빛—

우리나라엔 예쁜 색의 원단이 정말 없어요
마음에 쏙 드는 원단을 만들려고

버리고 또 버렸죠

인터뷰를 읽으며,
활짝 웃는 디자이너의 송곳니를 본다

우리 집 냉장고에 수박 있어
나를 데리고 가는 버스 안에서 거위는 잠시
방에 널린 빨래의 색을 생각한다

아암
수박을 먹을 땐 최대한 이를 많이 꺼낸다

해변

칼은 걷는다
목이 깊은 드레스를 입고
어쩌면 자루를 찢어 머리를 넣었을지 모르지만
분 향기가 나는 모래, 곱고 부드러운 모래를 흘리며

이리 와요 칼
시간을 잘 맞춰 왔군요

눈발을 삼킨
몸 안에서
오래도록
눈을 자른 당신

칼은 눕는다
망아지여
진실은 너무 커서
그 겨드랑이엔 이렇게 긴 해변이 있답니다

칼은 듣는다

망아지와 함께 파도와 함께 진실이

모래가 되는 소리

주먹 사이로 모래를 흘리며 칼은 말했지

천사와 악마는 우리의 능력을 부르는 말이에요

쓰다듬으면,

흩날리는 눈발

자르고 잘라서

자르고 잘라도

밤의 사슬

밤의 사슬을 잘라 네가 들어온다
아무도 하지 못한 질문 그 질문을 가지고
낮의 새 러닝셔츠 슬리퍼의 세 개의 선
그건 모두 얼마간 하얄 거야

밤의 사슬을 잘라보자
너는 작은 톱을 가져왔어
알아 그건 어떤 질문
모른 척하지만 그건
너의 작은 상어

둥근 네크라인 칼라
톱으로 흰 종이를 잘라 너의 목에 걸어주었지
우린 검은 밤 사이로 칼라를 날려보내

라라라라
라라라라

둥근 네크라인 칼라

날아가 사슴 위에 앉았어
우리 여길 자를까
흰 장갑 끼고
축하 케이크 자르듯이

달은 오래됐어
우린 외롭게 떠오른 진실함을 본다

너는 작은 톱을 가져왔지
나는 알아 그건 어떤 질문
그건 모두 얼마간 하얄 거야

산책

의자가 필요해

침대가 필요해

하지만 바닥이 없다면……(걷지도 못하겠지)

화초를 사며 5천 원을 건넨다

거스름돈은 돈이지만 귀찮아하는 사람도 있다

해 지는 언덕 위에 선다

눈을 감았다 뜬다 반짝이고

짤랑짤랑

여기 잘못된 값이 있어요

동네가 잔돈처럼 보일 무렵

나비 떼가 번쩍 곰을 들었으면 좋겠다

누와 누와 누

목을 축이는 누와 누와 누
누와 누와 누가 있을 때
누들이라고 말하는 것은
얼마간 적정하고 또 적정하지 않아서
모래 먼지 속에서 누들은 사방으로 긴 행렬을 이루고
줄을 선 적이 없다

커플은 관객의 자리로 가려고
아이를 두었다
바둑알을 놓듯이― 그것은
괜찮은 수인가?

아이는 더운 바다 위에 민트잎을 띄운다
순박함이 누군가를 위한 것은 아니지만
그날 바다 동물들은 잠을 푹 잤다

누가 되고 싶진 않아요

희망 진로를 적을 때

슬픔도 기쁨도 없는 긴 얼굴의 누들

스케치북을 열면

누 옆에는 누, 누 옆에는 누
민트는 잭의 콩나무처럼
별들은 깨진 램프처럼

5부

흰 기둥 잇기

마시멜로
김이 나는 가래떡
끝까지 뽑은 딱풀
일자 초 한 다스
대리석 회랑의 열주(모두 스물네 개)
흰 고양이의 다리 셋(사뿐사뿐)
걸음(무릎을 사용하지 않는)
대화(고랑마다 검은 씨를 숨긴)
끝없이 따라지는 우유와
계속되는 마임이스트의 허기
아무도 때린 적 없는 희고 곧은 손등
편지 또 편지, 자신이 허락한 세계 안에서
실망한다는 문장
괜찮을까
어쩌면
오로지
정신적인 삶

진의 먼지

오해라면 이런 거다
진이 더러운 사람이라 생각하는 거
더럽다니 다만 그는
먼지가 앉은 사람일 뿐
(먼지가 좋아하는 사람이랄까)
오히려 잘 썻고 잘 빗고
어깨선이 잘 맞는 셔츠만 사니까
왼쪽 소맷단의 깨진 단추처럼 가르마가 단정하니까
교체할 단추를 구하지 못해
몇 해나 그대로 두었으니까
그 단추를 만질 때마다
마음 한쪽이 쉬익 가라앉듯이
먼지들이 내려앉는 걸
어쩔 도리는 없으니
먼지는 따뜻하고
먼지는 건조하고
먼지는 썩거나 변하지도 않고
(불면 미련 없이 날아가는 데다)
그럴듯한 냄새까지 가졌으니까 (먼지 향 향수도 있지)

열네 살 많은 애인과 나타난 삼촌 앞에서
먼지들이 먼저 흔들렸고
그런 먼지들이 고마웠으니
다독다독
이만큼 책을 쌓아두고 그래그래
먼지들이 좋아하는 부분에다 줄을 긋는다

20세기 악어

악어는 콤팩트함을 유지했다
소파베드와 같은 실용성으로 접히고 펼쳐지며—
엠의 재킷은 레자이고 이따금,
안쪽 주머니에서 악어를 꺼내 요리조리 돌렸다

악어는 통조림을 잘 땄다
엠, 통조림 같은 거 요즘은 잘 안 먹어
캔보다는 팩이지
반쯤 벌어진 납작한 통조림 안에서
악어는 눈알만 내놓고 잠겨 있다

회오리 말야,
20세기 해외 토픽에서 보던 거대한 회오리
모든 걸 싹 쓸어 가줄 텐데
엠은 새 튀김기 사용법을 몰라 울적하게 말한다

멍청하긴
모든 게 빠르게 변하고 있다고 느껴?
사실 지나치게 느— 려—

덕분에 우리는 아직도 서로를 기억하고 있다고
왁스 물이나 좀더 부어주지 그래?

악어는 저녁 인사를 남기고 몸을 숨겼다
뜨거우니까 조심해
엠은 왁스를 부으며
통조림이 망한 건 터진 입구를 닫을 지퍼가 없어서라고
생각했다

바늘땀*

눈발이 쏟아졌어
이 말은 지난여름에 했어야 했는데
여름 눈발을 쥐고
힘을 주면 새어 나오는 빛을 보면서
한쪽 눈에 그 주먹을 대면
물이 종이를 불리듯
뺨이 젖어가는 걸 보면서
왜 그래? 많이 맞아본 사람처럼
네가 물었어야 했는데

「허리케인 비너스」
이 노래는 지난겨울에 불렀어야 했는데
오독오독 푸른 대추를 씹으며
먹어봐 내년에 익을 대추가 다 떨어졌어
지붕도 날아가고
지붕에 업힌 것들도 다 날아가고
지붕의 고함 소리가 멀어졌지
너는 현미경 유리를 갈아 끼우며
다리가 셋인 식탁을 살폈어야 했는데

질긴 떡을 입에 문 아이들은
준비운동을 하다 죽어버렸네

가방 속에서 준비운동을
바늘 위에서 준비운동을

상암중학교 거울엔 커다랗게
'행복을 준비하자'라고 쓰여 있다

행복은 결과이므로
행복은 보상이므로

아이에겐
행복의 책임이 배달된다
아이에겐
작은 대접이 준비된다

아시겠습니까?

이 애는 죽어서도 가만있질 못한다니까

대문 앞에 집을 지은 거미가 너무 커서
다들
상서롭다
상서롭다 한다

* 데이비드 스몰, 『바늘땀』, 이예원 옮김, 미메시스, 2012.

없는

아이가 있다는 생각을 하니
벌써 그 아이가 밉습니다

쉿!
내 손가락은 벌써
잘못되어 있습니다
나는 사과하기 싫어요

미사 중에 깔깔
웃는 아이를 데리고 나옵니다

네가 살던 곳을 알아?
네가 좋아하던 곳
조용히 미사를 드리며
뚝뚝 눈물을 흘리며
내가 너를 무서워하던 그곳

아이를 쥐고 흔들어요
이때 아이가 깨닫는 몇 가지:

1. 보호자의 가방에 쌀과자가 있음

2. 보호자는 언제라도 즐거움과 고통으로 자신에게 화답하며

3. 서로가 번갈아 달아나는 상대방 뒤꿈치에 매달리리라는 것

4. 보호자의 목과 눈꺼풀, 손톱과 엉덩이, 입과 무릎은 제각각 움직일 수 있고, 가끔 형태를 잃고 기능을 바꾸며 (이렇게 흔들리는 동안에는 더욱) 깔깔 웃지 않을 수 없다는 사실

내가 나기 전부터 그 애가

나의 장소들을 흘러 다녔다는 이야기를 듣고 또 듣습니다

자신이 올라탈 바구니의 형태를 점치면서

거기서 깔고 뒹굴 흰 깃털을 모았다는

그 아이는 곧 부러질 듯 힘이 세고, 그를 안는 내 팔은 벌써

잘못되어 있습니다

네게 세상에 없는 평화를 주노라

세상에 없는

그 평화를 잘 이해하는 듯한

꽃다발을 엮습니다 내 피가 붉다는 이유만으로

나는 용서받기 싫어요

독서 모임
──『여자전』*

시작할게요
스펙터클은 힘이 세고 오래가야 합니다

머리맡에서 전철 안에서
고통은 공부가 필요합니다
공포에는 이입이 필요하고
절망에는 상상이 필요해요

테이블에는 과자와 샐러드
사라진 비단 이불과 동상으로 잘라버린 다리
북으로 간 남편의 편지와 훔쳐보던 무용 수업

왜 살아도 살아도 끝이 안 나노
할머니 김후웅의 말을 따라 합니다

누구도 혼자가 아니라는 것을 알기 위해
기억에는 의지가 필요합니다

문장마다 붙인 포스트잇 물결을 쓰다듬는 동안

불행과 불행한 삶은 다른 거지
독자는 두 가지를 구분할 수 있어서

다음엔 옥수수를 쪄 올 거야
라고 생각했습니다

* 김서령, 푸른역사, 2007.

가수

어디에도 힘을 안 주는 사람을 보았다
눈썹이며 목, 어깨와 무릎
장난을 칠 때도 어딘가 안겨 있는 표정이었다

그가 노래한다
빠른 비트에도 부드러운 눈꺼풀로
아주 섬세하게 분무되는 물을 맞듯이

젊은이들이 힘껏 박수를 친다
어깨가 솟고 가슴뼈가 뻐근해지도록, 나도 그런 박수를
배워왔지만
이제 그를 베끼려고 노트를 꺼낸다

인상을 쓸수록 눈 코 입이 점점 모인다고 하지 그렇다면
그는 눈 코 입을 잃어버릴 것이다 서로 멀어지고 멀어
져서
양쪽 눈은 한 바퀴 돌아 서로 반대쪽 자리에 가려는지
도 모른다
(어쩐지 초점이 미묘하게……)

필사를 할 때는 호흡도 표정도 중요한 법

그만둘까 싶을 때

노랫소리가 들리고

개념 학습

신은 동시에 모든 것에 집중할 수 있다
나는 멍한 채로 고양이 밥을 너무 많이 주곤 한다

어제 꿈속에선 휴대폰을 돌려주려는 사람이 있었다
그는 내 휴대폰을 벤치에서 주웠다
그의 직장은 성수동이었다 그는 내 친구 거위에게 여러
번 전화했는데
(번갈아 전화를 놓쳐버렸다)

신은 동시에 모든 것에 집중할 수 있다
(집중은 사랑이 아니다)
나와 거위는 요즘 걷기에 빠졌다
(걷기는 스포츠가 아니다)
사랑에는 이기거나 지는 것이 있다
(사랑이 이겨야만 한다)

공덕동에서 성수동까지 걸어가기로 한다
우리는 걷기를 좋아하고
그가 내 휴대폰을 돌려주려 하므로

우리는 어느새 휴대폰은 잊고 그의 모습만 상상한다

그가 이겼으면 좋겠다

일하는 중에도 그는 우리의 도착 문자를 살피겠지
계속 걷는다
걷다 보면 멍해지고
지나치게 많이 걷곤 한다

예술가

나는 현대미술을 하기로 한다
청소하던 거위가 화를 내면서
단추며 리본이 든 상자를 몽땅 버리겠다고 했기 때문
이다
단추와 리본이라니, 벌써 절반은 완성된 기분이다

나는 현대무용을 하기로 한다
몸이 있어 좋은 게 무엇인지 알고 싶다고
첫 수업 시간에 이야기한다
선생님이 가져온 교재는
존 오스틴의 『말과 행위』인데
30분은 스트레칭을 나머지 한 시간 반은 토론을 해야
한다
수강생 중엔 10년 차 안무가도 있다
나는 그의 공연을 본 적도 있다
그의 미소에서 종소리가 난다
시인님, 다음에 또 봬요
그는 아르바이트를 하러 간다

나는 시를 쓰기로 한다
단추와 리본, 무용 수업으로?
걷고 또 걷는다
광인은 허공에 손가락질을 하지
자기 팔꿈치로 눈을 찌르고
잠자리 날개에 입을 맞추고

원더랜드의 "거위들"

김영임
(문학평론가)

갑자기 분홍빛 눈의 하얀 토끼가 옆으로 휙 지나갔다. 입고 있던 조끼 주머니에서 회중시계를 꺼내 보며 "이런, 이런, 너무 늦겠는걸!"이라고 중얼거리면서 커다란 토끼 굴로 쏙 사라지고 말았다.『이상한 나라의 앨리스』를 펼치자마자 독자를 작품 속으로 끌어들이는 매력적인 흰토끼의 등장이다. 심지어 책을 읽지 않은 사람에게도 익숙한 조끼 입은 흰토끼. 자, 토끼 굴을 앞에 둔 당신은 토끼를 따라 저 끝을 알 수 없는 지하 세계로 몸을 던질 수 있을까. 웬 앨리스와 토끼 타령이냐고? 배수연 시인의『여름의 힌트와 거위들』을 처음 받아 든 내 심정이 마치 원더랜드에 내던져진 앨리스의 마음 같았기 때문이다.

어린 시절 내게『이상한 나라의 앨리스』는 참 힘든 동화였다. 정체를 알 수 없는 여러 등장인물뿐만 아니라, 앨리스의 키가 줄었다 늘었다 하는 설정에다가 중요한 순간마다 사라지는 토끼, 미친 모자 장수와 3월 토끼의 맥락 없는 대화에 짜증이 났으며, 안하무인 무례한 여왕이 싫었다. 이 동화에 본문만큼이나 많은 주석을 달았던 *the Annotated Alice*로 유명한 마틴 가드너(Martin Gardner)는 이 동화의 내용이 갖는 미묘함 때문에 실제로 아이들이 십대가 되기 전에 『이상한 나라의 앨리스』를 읽는 것에 부정적인 의견을 제시했다.[1] 이십대가 되어서야 어느 순간 팬이 되었다는 마틴 가드너의 말처럼 환상과 같은 낯선 세계의 이야기에 몰입하는 일은 그렇게 자동으로 발생하는 것은 아닌 듯하다. 앨리스와 그녀의 친구들이 나눈 대화를 이해하고, 그들의 행동에 내포된 맥락을 발견하기 위해서는, 특히 환상과 신화의 세상을 버린 근대인에게 가드너의 몇백 페이지에 달하는 주석 정도는 당연한지도 모르겠다. 시집의 일부가 될 이 글 역시 『여름의 힌트와 거위들』에 대한 유사 주석 정도라도 될 수 있으면 좋으련만, 나의 문장들은 시인 배수연이 만든 낯선 세상을 헤매다 나온 뒤 긁적인, 해설을 빙자한 후일담에 가깝다. 밝고 사랑스럽게 슬픔을 안아내던 기쁨의 "조이"[2]에서 "성당의 웅덩이

---

1 Susina, Jan, "Conversation with Martin Gardner, the Annotator of Wonderland", *The Five Owls* Vol. XIV, No. 3, Clarkson N. Potter, Inc., p. 62, 2000(https://www.researchgate.net/publication/339831659_Conversation_with_Martin_Gardner_the_Annotator_of_Wonderland).
2 배수연, 『조이와의 키스』, 민음사, 2018.

에 손을 담가 앞니를 씻는" "반짝반짝" "작은 도끼"를 가진 "쥐"[3]를 거친 후, 배수연은 "여름 캠프"에서 "거위" 친구와 함께 돌아왔다. 호기심에 불타서 토끼를 쫓아 들판을 달려간 앨리스가, 거길 다시 빠져나올 수 있을지는 눈곱만큼도 생각지 않고 아래로, 아래로, 아래로, 영영 멈추지 않을 듯한 굴로 뛰어든 것처럼, 배수연의 거위와 "나란히 책을 읽"(「여름의 힌트와 거위들 1」)거나 "여행 계획을 세우며 삼각지를 걷는"(「컵켁」) 여정은 앨리스의 천진함과 무모함이 밴 용기가 없으면 쉬이 따라나서기 힘들다. 시집을 손에 쥔 이상, 이제 크게 숨을 들이쉬고 아래로, 아래로, 아래로 뛰어내려보자.

왕에서 곰으로 ── 대칭성의 복원

현실에서 배수연의 세상으로 가는 경계 넘기는 꽤 고전적이다. "회전문"(「모두네 집」)이나 "구멍"(「여름방학」)과 같은 익숙한 공간적 시어를 사용해서 시인은 "혼돈의 멀티버스"(「컬렉터 모임 2」)를 생성한다.

모두네 집에 가면

---

3 배수연, 「쥐와 별」, 『쥐와 굴』, 현대문학, 2021.

모두 혼자 있다

우편함은 없고 회전문이 있는데

슈캉슈캉 바람에 귀가 접힐 정도로

그렇게 빠른 회전문은 처음이었다

거위가 먼저 들어가고

두더지가 들어가고

머뭇거리는 내 엉덩이를 누가 발로 차주었다

모두네 집은 문보다 창이 몇 배로 크고

문보다 복도가 훨씬 많다

복도에서부터 집사와 요리사, 청소부와 정원사를 위한

면접과 리더십 교육이 진행된다

누구나 리더가 될 수는 없어요

저는 좋은 팔로워, 현명한 팔로워예요

왼쪽 복도에서 또랑또랑 거위의 목소리가 들린다

——「모두네 집」 부분

먼저 "모두네 집에 가면/모두 혼자 있다"라는 첫 문장
은 그야말로 언어적 유희를 느낄 수 있게 한다. "모두"는
시의 공간이 된 집주인의 이름을 나타내는 명사이기도 하
고, 우리가 아는 '빠짐없이'라는 뜻을 가진 부사이기도 하
다. "모두네 집"이라는 공간에서 "모두 혼자 있다"라는
것은, 혼자 있는 "모두"라는 존재를 지칭하기도 하고, 모

두가 있지만 각각은 혼자라는, 익숙하면서도 낯선 느낌을 생성하는 언어유희다. 배수연은 "누"라는 시어를 사용한 몇 편의 시에서도 유사한 방식을 보여준다. 「누와 누와 누」에서 "목을 축이는 누와 누와 누"라는 문장은 "누"라는 특정 존재를 지칭하지만, "누가 되고 싶진 않아요//진로 희망을 적을 때"라는 문장에서 "누가"는 막연한 대상을 가리키는 인칭대명사이기도 하고, 정신적인 괴로움이나 물질적인 손해를 말하는 '누'와 겹치기도 하면서 여러 가지 뜻으로 읽히는 흥미로운 문장을 만들고 있다.

이제 공간의 이야기로 넘어가보자. "모두네 집"으로 지칭되는 시적 공간은 "슈캉슈캉 바람에 귀가 접힐 정도로" 빠르게 움직이는 "회전문"을 통과하면 만날 수 있다. 회전문 너머 "모두네 집"에서는 모두 "집사와 요리사, 청소부와 정원사를 위한/면접과 리더십 교육"을 치른다. "두더지"도 "거위"도 시적 화자인 "나"도 예외가 없다. "거위"가 "또랑또랑" 말을 하고, "두더지"가 "박자를 세는" 시의 세상에서 인간과 동물 사이에는 어떤 위계도 존재하지 않는다. 그런데 배수연의 시에서 만날 수 있는 인간과 동물은 인간중심주의를 비판하는 최근 담론에 호응하는 여러 시 속 인물들과는 다른 색깔을 띠고 있다. 동물에 대한 인간의 폭력을 비판하는 날 선 단어는 등장하지 않으며, 그와 같은 상황에 대한 인간 화자의 감정이입도 없다. 또는 감정이입에 대한 반대급부로 동물의 타자성에 대한 불가지성을 존중하려는 태도에도 무관심한 듯 보인다. 인간과 비인간의 동등한 지위를 역설하면서도 비인간에 대한 묘사가 인간적인 것으로 환원되는 것을 극도로 경계하는 '평평한 존재론'적 관점에서는 아마도 인간 화자의 이웃과 친구로 등장하는 배수연의 동물 친구를 경계할 가능성이 크다. "면접과 리더십 교육"을 거치는 "또랑또랑 거위의 목소리"와 같은 문장은 인간의 자리에 거위라는 기표를 단순하게 대입시키면서 거위를 비유의 대상으로 소비하는 것이라는 비판을 받을 수도 있다. 정말 동물에게 목소리를 부여한 배수연의 시적 상상은 단순히 기존의 인간중심적인 의인화를 답습하는 것에 지나지 않을까.

시집에는 나카자와 신이치의 책 제목과 안무가 공영선의 작품명에서 따온 "곰에서 왕으로"라는 제목의 시가 두 번 등장한다. 나는 그중 나카자와 신이치의 『곰에서 왕으로』가 이야기하는 대칭성의 세계에 기대어 배수연의 화자들을 읽기로 했다. 신이치는 곰의 시대, 즉 신화의 시대에는 인간과 동물 사이의 벽이 존재하지 않았으며 동물이 인간보다 열등하지 않았다고 말한다. 동물은 언제든지 털가죽을 벗고 인간처럼 행동했고, 인간의 말을 사용했으며, 동물과 인간은 서로 성적 매력의 포로가 되기도 했다. 즉 신화를 통해 인간과 동물 사이에 어느 한쪽으로 기울어지지 않는, '대칭'적인 관계가 구축되어 있었던 셈이다. 하지만 '국가'라는 것이 탄생하자 이런 관계는 무너지고, 비대

칭적인 '문명'의 시대를 맞이하면서 인간과 동물은 분리된다는 것이 신이치의 주장이다.[4] "곰에서 왕으로"라는 제목과는 달리 배수연이 만든 시의 세상은 '왕에서 곰으로' 가는 새로운 언어의 길을 만들고, 신화의 세상과 현실이 공존하는 혼돈의 세계로 우리를 이끈다. 신화의 시대처럼 시의 공간에서 "거위" "두더지"와 "나"(「모두네 집」)는 친구가 되고, 말 그대로 복수의 우주가 혼재하는 멀티버스가 펼쳐진다. 시인의 경로를 차근차근 따라가보자.

"혼돈의 멀티버스"

　　회당에는
　　당사자들이 남았다
　　당사자들이 생중계된다
　　나는 어느 갤러리의 컬렉터 수업에 간다

　　[……]

　　네, 그 전시 저도 봤죠

---

4 나카자와 신이치, 『곰에서 왕으로──국가, 그리고 야만의 탄생』, 김옥희 옮김, 동아시아, 2003, pp. 15~17.

포크 날이 길다 수국이 팔랑거려

비평가의 안경에 달라붙는다 돌연

그가 회당과 당사자들에 대해 이야기한다

갤러리 벽에도 현장 영상이 중계되므로

큐레이터가 끼룩끼룩 웃는다

선생님, 저거 라이브 아니고요,

반세기 전 루콜라 아이허브 작품이에요

어머, 아녜요 제가 방금 저기서 왔는데요

내 말에 모두가 쳐다본다

저기 제 친구 갈치가 있거든요!

시인님, 그럴 리가요

[……]

화면 속에서 당사자들은 야멸차게 뺨을 맞거나

퍼붓는 키스 세례를 받는다

곧이어 인터뷰와 자막

이 삶은 우리에게 어울리지 않습니다

이 조끼는 우리에게 어울리지 않습니다

백화점에는 없는 조끼 말이에요

작품이 조금씩 다르게 반복되는 동안

와인을 따르고 또 따른다 별안간

나는 고래라도 삼킨 듯 주저앉아

내가 아는 그 갈치 못 봤어요?

— 「컬렉터 모임 1 ─ 갈치 사건」 부분

 위의 시적 공간은 "회당"과 그것을 지켜볼 수 있는 "갤러리"에 의해 이중으로 구성되어 있다. 처음에 회당과 갤러리는 "생중계"라는 단어에 의해 하나의 우주 안에서 동시대성을 띠고 있는 분리된 공간으로 보이지만, "저거 라이브 아니고요,/반세기 전 루콜라 아이허브 작품이"라는 "큐레이터"의 발화로 인해 "회당"은 단순한 영상 기록물이 되면서 공간성을 잃고 만다. 하지만 "아네요 제가 방금 저기서 왔는데요" "저기 제 친구 갈치가 있거든요!"라는 시적 화자의 말에 의해 공간을 지배하던 시간의 규칙이 무너지면서, 시적 공간은 하나의 우주에서 시간차를 내포한 멀티버스로 전환된다. "컬렉터 모임"이라는 제목으로 이어진 두 편의 시에 묘사된 각각의 영상은 기록물인 동시에 개별적인 질서를 가진 독립된 세계들로 겹쳐 있다.

 "**나는 원해서가 아니라/필요해서 움직였습니다//**「악어 사냥」 후반부에는/창에 꽂힌 악어의 인터뷰가 나온다"(「컬렉터 모임 2—혼돈의 멀티버스」)로 묘사되고 있는 영상을 먼저 살펴보자. 악어는 인간에게 공포를 불러일으키는 자신의 움직임이, "원해서"라고 표현되는, '잉여'적 욕망과 관련이 없음을 항변한다. 악어는 오로지 그것이 "필요해서" 촉발된 생존의 몸부림이라는 것을 죽음의 순간에 밝히고 있다. 또 다른 인터뷰의 당사자들은 "**이 삶은 우리에게 어울리지 않습니다/이 조끼는 우리에게 어울리지 않습니다/백화점에는 없는 조끼 말이에요**"라고 외치고 있다. 백화점에 없는 조끼라면 옷의 맵시를 위해서 덧입는 조끼는 아닐 테다. 사회적 관계망에서 자신의 소속이나 정체성을 증명하는 기표로서의 조끼라고 보는 것이 맞겠다. 프랑스의 노란 조끼 운동(Le Mouvement des Gilets Jaunes)처럼 자신의 정치적 의견을 피력하기 위해 조끼를 입기도 하지만, 누군가는 개인의 실존을 얽매는 조끼를 거부하고 싶기도 할 것이다. 「모자의 기분—광장에서」에는 "조끼" 대신 "의자"나 "모자"가 유사한 맥락으로 사용된다. "항상 의자에 앉을 수는 없어서/모자가 발명되었어" "나는 모자를 바꾸고 싶어 하는 사람을 많이 알아" 나 "더 좋은 모자를 줘, 더 좋은 의자를 줘, 더 멋지고 더 가치 있는!"과 같은 문장에서 "모자"와 "의자"는 "조끼"처럼 사회적 관계망에서의 실존적 위치를 표시하는 기호적 성격이 도드라진다. 각각의 영상은 억울함을 호소하는 악어의 목소리와 다른 삶의 기회를 원하는 존재들의 세계를 담고 있고, 그 영상들을 와인을 마시며 감상하는 갤러리를 중심으로 하는 또 다른 세계가 있다. 인과성으로 엮을 수 없는 여러 층위의 세상들이 혼재하는 가운데 시적 화자들은 부조리적 성격의 대화를 주고받으면서 멀티버스의 혼돈을 배가한다.

"나"의 페르소나, "거위"

「여름방학」의 공간 이동은 더욱 기발하다. "거위"는 자신의 "부리"를 통로로 삼는다. "입에서 항문까지는" "몸의 긴 외부"가 될 수 있는 까닭에 "거위는 부리를 벌려 구멍 안으로 사라진 적이 있다". 앞서 살펴보았던 "회전문"이 하나의 통로가 되었듯이, 몸의 "구멍"이 다른 세상으로 사라질 수 있는 길이 된다. 배수연의 시 세상에서 경계를 넘고, 여러 개의 세상이 겹쳐 있는 공간을 통과해온 독자라면 이제 부리를 벌려 자신의 몸을 이동시키는 거위에 동의하는 일이 그리 어렵지 않을 것이다. 자유롭게 나눠지고 겹쳐 있는 멀티버스적 공간에서는 시적 대상을 어떤 모습으로 그려내더라도 이상할 것이 없다. 그런 세상이라면 모든 것이 가능할 것 같다. 그런데도 여전히 궁금증은 남는다. 시집 전체에서 들쑥날쑥 다채롭게 전개되는 공간의 성격과 상관없이, 줄곧 함께 등장하는 시적 화자와 "거위"는 대체 서로에게 무엇이며, 어떤 의미를 갖는 것일까?

『이상한 나라의 앨리스』에는 쐐기벌레, 체셔 고양이, 홍학, 짝퉁 거북, 모자 장수 등 수많은 인물이 등장한다. 앨리스와의 만남에서 제각각 특별한 매력으로 자신의 존재를 드러내는 등장인물에 대해 근 150여 년간 다양한 해석과 주석이 달렸다. 하지만 그중에서도 가장 상징적인 의미를 지니는 것은 역시 흰토끼일 것이다. 항상 시계를 보면서 시간에 쫓기며 여왕 앞에서 주눅 든 모습을 하고 있는 토끼를 현대인의 시간에 대한 강박, 불안, 사회적 억압 등으로 읽어내는 많은 해석이 있다. 그렇지만 흰토끼가 중요한 것은 앨리스를 원더랜드로 이끈, 다소 불친절한 '길잡이'이기 때문이 아닐까. 배수연의 원더랜드에도 구석구석 "거위"가 자리한다. "불행한 낙관주의자"로 불리는 "거위"는 "뒤뚱거리는 것"처럼 보이지만, "줄을 잘"(「여름의 힌트와 거위들 2」) 서는, 앨리스의 흰토끼보다는 훨씬 다정한 길잡이다. "조만간 청소부가 되고 싶"은 친구들 사이에서 "이미 청소부"인 "거위"는 "우리 모임 회장이"(「정기 모임」)다. "나"는 "거위"와 "함께 책을 읽었"(「여름의 힌트와 거위들 1」)고 "방학 내내/거위가 궁금했"고 "거위와 놀고 싶었다"(「여름방학」). 시적 화자와 "거위"의 정서적 거리는 너무나 가까워서, 가끔 "거위"와 "나"는 서로의 쌍둥이 자아가 아닐까 하는 생각도 들었다.

어린 시절 엄마는 욕조 안에 나와 새끼 거위들을 풀어놓고 때를 실컷 불리도록 했다 [……] 거위들은 무럭무럭 자랐고 이제 나와 욕조에 들어가길 좋아하는 거위는 한 마리뿐이다

잘됐지 뭐

거위가 중얼거렸고 그건 자라난 우리 몸의 부피와 낡은 욕조에 대한 이야기라고 생각했다 거위는 내 맞은편에 기대 노란 발을 반짝 들고 비눗물을 흘려보내며 새로 사귄 친구에 대해 이야기했다 [……]

그 친구 본 적 없지?

[……]

왜 그 집주인과 친구가 되기로 했지? 네가 차고 안에서 기절하면 유행이 지난 물건들과 너를 같이 쌓아둘지도 모르는데? 네 흰 목을 흔들고 깃털 안의 분홍 소시지를 쥐어짤지도 모르는데? 사실 그 집에 누가 살기나 해? 네가 현관이 아니라 신문 투입구로 드나들고 있다는 거 내가 모를 줄 알고? 그 집은 진작 망한 게 분명해 아무럼 네가 전등을 켰다 끄는 걸 멍청한 동네 사람들이 속고 있는 거라고— 아니면 쉬쉬하고 있는지도

모르지 너는 망한 집의 부스러기를 청소 샀으로 가지고
오는 거야, 친구라는 망령과 함께 내 말이 틀렸어?

　　　나도 모르게 거품을 발로 차고 있었고 거위는 푸드덕
푸드덕 얼굴을 흔들더니 뿌연 김만 남기고 가버렸다
　　　　　　　　　　　　　　　　—「거위와의 목욕」 부분

　줄곧 다정한 사이로 등장했던 "나"와 "거위"가 사소한
다툼을 벌이는 사랑스러운 이 시에서 "거위"와 시적 화
자의 관계를 좀더 구체적으로 상상할 수 있고, "거위"가
"나"의 페르소나가 아닐까 하는 생각이 들기도 한다. "어
린 시절" "나"와 거품 목욕을 하던 "새끼 거위들"이 플라
스틱 장난감인지 실제 거위인지는 중요하지 않다. 어쨌든
"나"에게는 어린 시절부터 친구였던 "한 마리"의 거위가
남아 있다. "잘됐지 뭐"라는 "거위"의 중얼거림은 다른 거
위들이 자신들을 떠났음을 말하는 것일까? 사실 새끼 거
위들의 떠남은 시적 화자의 성장을 의미하는 것이기도 하
다. "거위"가 "새로 사귄 친구에 대해 이야기"하면서 "친
구 집의" 정원과 차고와 장난감에 대해 이야기를 늘어놓
자 시적 화자는 "뽀로로가 타는 경비행기는 없었어?"라며
빈정댄다. 화자의 빈정거림은 여기서 그치지 않고, 결국
친구에 대한 이야기를 "거위"가 지어냈을 거라며 잔인할
정도로 몰아세우고, "거위"는 토라져서 가버리고 만다. 여

기까지는 새 친구가 생긴 것을 질투하는 시적 화자와 그의 친구 거위의 이야기이다.

그런데 거위를 시적 화자의 페르소나, 그것도 유년의 자아라고 상정하면 좀 다른 이야기가 된다. 어른이 되면서 두고 온 "나"의 어린 자아. 그렇다면 시적 화자가 "거위"를 몰아세우는 것은 가슴 아픈 자기 고백이 된다. 왜 "거위"는 "망한 집의" "신문 투입구로 드나들"면서 "친구라는 망령"을 거짓으로 꾸며대는 걸까. "무럭무럭 자"란 다른 거위들과 달리 혼자 유년의 세상에 남겨진 "거위"의 외로움이 "그 집"을 만들어낸 것은 아닐까. 자라지 못하고 있는 내면의 자신을 만난 시적 화자는 그것을 인정하기 싫어서, "거위"에게 더욱 위악적으로 굴었는지도 모르겠다. 누구나 자신의 유년에 두고 온 거위 친구가 있다. 그 거위는 꼭 아름다운 동화의 캐릭터가 될 필요는 없다. 그 이유는 거위가 "건강하거나 건강하지 않아서이다/뚱뚱하거나 비쩍 말라서이고/못생기고 예뻐서이고/구덩이에 빠졌거나 빠져나와서이다/으훼훼 웃다가 으엉으엉 울어서/이혼했다가 결혼해서/들어주다가 말해서/말하다 들어주어서이"(「반짝이는」)기 때문이다. 그래서 "거위"는 모두의 친구가 될 수 있으며, 우리는 그런 "거위"가 그립기도 하고 외면하고 싶기도 하다.

글을 시작하면서 배수연의 시적 상상이 기존의 인간중심적인 의인화를 답습하는 것이 아닌가에 관한 질문을 던졌다. 제인 베넷은 나르시시즘적 의인화도 분명 인간중심주의를 극복할 수 있는 일면을 포함하고 있음을 강조한다. 다만 이때 의인화는 범주적 구분을 가로지르는 유사점을 밝히고 자연의 물질적 형태와 문화의 물질적 형태 사이의 구조적 유사점을 드러냄으로써, 인간과 비인간의 동형 관계를 드러내는 방식이다.[5] 배수연의 의인화는 이러한 물질적 전회의 관점과는 거리를 두고 있다. 배수연의 의인화는 차라리 신화의 세계에서 자유롭게 인간과 대화하던 동물의 복원에 가깝다. 하지만 그것이 인간의 행위와 유사해 보이더라도 결코 어떤 인간적인 것의 가치를 증명해내기 위한 발화가 아니라는 점에서 종전의 나르시시즘적 의인화와도 다른 지점을 가진다. 시인은 경계 너머의 존재들에게 작은 세상들을 끝없이 확보해주고, 그 안에서 아무런 제약 없이 자유롭게 행동하고 말하게 한다. 혹자에게는 배수연의 감각적인 세계가 "너무 주관적이거나 특수한 세계에 치우쳐"[6] 있을 수 있지만, 중첩된 우주의 상상과 그 안에서 교환되는 생경한 발화 자체가 잠재적인 정치성으로 이어질 수도 있다. 그것이 허용되는 것이 시라는 장르이며, 그런 시는 다른 방식의 정치를 꿈꾼다.

5 제인 베넷, 『생동하는 물질』, 문성재 옮김, 현실문화, 2020, p. 246.
6 황치복, 「새로운 세계의 가능성: 배수연, 이재연, 이지호가 구축한 새로운 세계」, 『열린시학』 2014년 봄호, p. 250.

마무리도 역시 앨리스에게서 힌트를 얻어보자. 앨리스와 체셔 고양이 사이의 대화이다.

> "부디 가르쳐주시겠어요? 제가 여기서 어느 길로 가야 할지?"
> "그건 네가 어디에 도착하고 싶은가에 달려 있지."
> "어디든 상관이 없는데⋯⋯" 앨리스가 말했다.
> "그럼 어느 길로 가든 상관없지." 고양이가 말했다.
> "⋯⋯어디든 도착하기만 한다면야." 앨리스가 설명을 덧붙였다.
> "아, 분명 그렇게 될 거야" 하고 고양이가 말했다.
> "오래 걷기만 한다면 말이야."[7]

고양이의 조언대로 배수연이 만든 시 세상에 나 있는 길도 오래 걷기만 한다면 어디든 도착해 있을 것이다. 어디로 가겠다고 미리 짐작하지 말고, 어디든 상관없다고 걷다 보면, 익숙했던 감각에서 풀려나 길과 길 사이를 유영해 나가는 당신 옆으로 지나쳐 가는 시적 화자들과 친구들을 알아보게 될 것이고, 그 이상한 낯섦에서 오는 소중한 마음과 아름다움을 만날 것이다. 그런 것들에 대한

7 루이스 캐럴, 마틴 가드너(주석), 존 테니얼(그림), 『ALICE IN WONDERLAND—『앨리스』 출간 150주년 기념 디럭스 에디션』, 승영조 옮김, 꽃피는책, 2023, p. 216.

호의적인 상상이야말로 예술을 살아남게 한 가장 중요한 미덕이 아닐까. 배수연의 원더랜드는 그렇게 걸어보길.